KB125960

꽃히니 꽃이다

청초 민재영 시화집

도서출판 현대

【목 차】

|제 2 부| "꽃, 다시 피어 사랑이다"

|제 3 부| "봄의 애원"

|제 4 부| "아픔으로 아름답다"

【 목 차 】

|제 5 부| "어머니의 시래깃국"

|제 6 부| "봄을 이길 겨울은 없다"

【 목 차 】

|제 8 부| "여호와이레"

첫 시화집을 내며

봄을 이길 겨울은 없습니다. 새싹은 침묵의 아우성을 토해내며 겨울잠에서 피어납니다. 보아 달라 애원하여 봄입니다. 부족한 것들을 감히 보아 달라 저도 애원합니다.

지구 위에 수십억 인구보다 꽃들이 더 많고 모두 그 이름으로 말합니다. 꽃들에 진심으로 미안합니다. 보잘것없는 붓질이 스스로 한계를 인정하지만, 꽃들을 사랑으로 봐줬음을 고백합니다.

시집 출판을 많이 권유받았으나, 거절해 오다가 어느 날 낙엽을 바라봤고, 내리던 백설이 깊어지는 주름살에 웃으며, 가슴에 꽃이 피기 시작했습니다. 나와 함께 피었다가 함께 질 꽃들을 위해 많이 부족하나 용기를 냈습니다.

시심 속 암유(暗喩), 화폭 속 여백(餘白)에 담았던 삶과 사랑, 그리고 나를 위한 노래입니다. 2016년 시 당선 등단 이후 제5회 개인전에 그림과 시의 시화집, <꽃히니 꽃이다>이 첫 시집이고 마지막이 될것 같아 이미 애잔합니다.

시인의 길을 정성으로 안내 해주신 돌담시인학교 교장 운정 김이철 스승님에게 진심으로 감사 드립니다. 문학적 잣대보다는 느낌의 소통 언어로 첫 시집을 만나 주시기를 정중히 부탁드립니다.

2024년 3월

봄 옷 입고 있는 나무와
봄 단장하고 있는 꽃들을 사랑하는
청초 민재영올림

청초 민재영 시인님의 "첫 시화집을 축하하며"

운정 김이철 (돌담시인학교장)

청초 민재영 시인님의 첫 시집 출판 기념하는 글을 청탁받고 잠시 생각에 잠겼다. 어설픈 것 하나 먼저 가진 것 나눠 가지니 스승이라 부르는 청초 시인님의 눈빛이 생각났기 때문이다.

무언가 절실히 갈망해 오던 것을 가지게 된 어린 소녀처럼 흥분된 눈빛이었다.
그리고 거침없이 토해내는 문학적 기질은 열매가 되기 전에 떨어진 감또개의 설움보다 깊었음을 보았다.
소녀에서 여인으로 오는 길에 묻어 두었던 싹들이 꽃으로 피는 순간이었다고 표현하고 싶다.

이렇듯 순수한 시심을 노래하는 한 시인의 탄생을 지켜보는 것도 기쁜 일이었으나 무엇보다 그 열정에 감동했다. 걷다가 문득, 자려고 누웠다가, 일하다가 느닷없이 시상으로 작품화하여 문자로 보내며 기뻐하는 청초 민재영 시인님의 모습에서 화자도 배움 담는 시간이었다.

청초 민재영 시인님의 모습처럼 시인이란 참으로 행복한 사람이다.
가슴에 있는 것을 노래할 수 있다는 것 참으로 멋지고 의미 있는 것 아니겠는가, 초심을 기억하고 독자에게 감동 주는 작품으로 활동하는 참 문인이 되기를 간절히 소망해 본다

이번 첫 시집 <꽃히니 꽃이다>에 이어 제2집, 제3집으로 이어지는 작품을 볼 수 있기를 기대하면서 첫 시화집 출판을 축하하는 바이다.

[축시]

꽃이 된 시인에게

운정 김이철

하찮은 것과 벗하고 풀(草)이된 사연
부족하여 헤아릴 수 없으나
깊고 진한 이야기 귀 기울이다가
향기로 먼저 피는 청초화(靑草花)

지천명 떠난 열차 안내 음성 잡고
차창 밖 하늘 바라보는 이
무엇 더하여 웃음 짓는고
누구나 그러했다고 쓰다듬으며
가슴 모퉁이 자리 잡은 아쉬움 뒤로하고
온 누리 위해 홀연히 꽃 되려 하시는가

사랑하는 이에게 영원 주고
아파하는 이에게 치유 주는
이유 분명한 여류 시인 꽃 되었으니
없는 절기에도 필 청초화(靑草花) 따라
기꺼이 바람 되어 동행하리다.

청초 민재영님 [첫 시화집 /꽃히니 꽃이다] 발간을 축하하며

이경숙 교수 (고려사이버대 문화예술경영학과장)

　민재영 작가는 누구보다도 맑은 눈빛과 호기심으로 세상의 모든 것을 탐구하고 표현하고자 애써왔다. 민 작가는 어떤 욕심에서 전공을 바꿔가며 각 대학을 섭렵하며 학문을 지속할까? 인간과 사회에 대한 애정일까? 아니면, 자신과 신을 알고자 하는 욕망 때문일까? 궁금증을 자아낸다. 쉼 없이 노력하는 민 작가의 부지런함은 붓질과 글로써 열매를 맺었다. 은퇴하고 쉴 나이임에도 대학을 돌며 학업을 지속하면서도 다수의 전시회를 열고, 첫 시집을 출간하기에 이르렀다. 민 작가의 쉼 없는 학업과 작업은 수행의 행위와 같고, 무언가를 생산하며 사람들과 소통하는 관계 맺기이기도 하다.

　첫 시집 <꽃히니 꽃이다>는 행위와 대상이 하나 됨을 보여주며, 자신을 들여다보고 대상에 대한 조용한 관찰과 공감을 드러낸다. 이는 민 작가의 삶에 대한 태도이기도 하다. 가까이 다가가 소망하며 기도하고 응원하는 모습을 시로 표현한 결과라 할 수 있다.

　끝없이 공부하며 작업을 하는 민 작가의 모습은 스스로를 단련하는 과정이며, 세상에 대한 헌신이기도 하다. 늘 무언가를 함으로써 자신을 아름답게 정립하고, 내면의 소망을 밖으로 드러내어 작품으로 열매 맺는 과정은 신 앞에 고요히 기도하는 모습이기도 하다. 민 작가의 이러한 도전과 노력은 사람들과 세상에 평화와 아름다움을 호소하는 행위이기도 하다. <꽃히니 꽃이다>의 발간을 축하드리며, 많은 분이 이 시를 읽고, 길에서 우연히 마주치는 꽃 한 송이와 자신을 조용히 돌아보는 기회가 되기를 바란다.

제1부

"꽂히니 꽃이다"

꽃이니 꽃이다

보석 되고도 모자라
화석으로 피었다

애달픈 인연의 증표
천상천하 자태의 꽃이여

황홀하다는 형언도 미안해서
마음에 꽃힌 꽃이다

내 사랑에 꽂혀
꽃이 된 까닭이다.

제목/꽃히니 꽃이다, 크기/50호 F117×91cm, 재료/유화.캔버스

목련

나무 연꽃
하늘 끝자락에
여인 속치마
목화솜 춤춘다

춘삼월 어김없이
시집갈 채비 끝났다
낭군 찾아 미명부터
훈풍 좇아 수놓고

몰래 한 사랑
한 이레쯤 떠날 때
길바닥 시커멓게
상처 남겨도 좋다

봄마다
하얀 목련이 필 때면
노래 부르리.

제목/목련, 크기/ 6호F.41×32cm, 재료/유화.캔버스

자목련

간지러운 봄 햇살
수줍어 볼살 터지도록
방긋 웃는 소녀일까

수많은 날 폭풍의 밤
터널 끝 인내의 그날
꽁꽁 언 여인의
주홍 눈물 머금고
구구한 사연 아홉 장 꽃잎
생의 천태만상(千態萬象)
얼굴마다 다른 미소

농염한 붉은 입맞춤
당신에게 인사한다.

제목/자목련, 크기/ 10호P. 53.2×41cm, 재료/유화.캔버스

접시꽃 사랑

오월 꽃 잔치 끝난 뒤
태양 삼킨 오색 꽃 무리
그리움 지친 이 위하여
담장 아래 핀 붙박이 꽃

달걀후라이 몰래 싸준
모정 안고
고향 친구 얼굴 닮아
간이역에 먼저 와
가락국수 한 접시
그리운 만큼 따뜻하다

그 마음 다 안다고
손 내민 듯 흔들리며
다정히 바라보는 접시꽃

귀 기울여 보니
사랑하라 사랑하여라 한다.

제목/접시꽃, 크기/ 10호P. 41cm × 53.2cm, 재료/유화·캔버스

구월화 (九月化)

가을 찬양하라
계절 중심에 서서

시인의 소쩍새는
눈물 없이 울어댄다
누이 위해서 아니고
가을 위해 노래한다

그리워하는 이
낙엽에 이름 새기는 동안
봄부터 찬 서리 견뎌 내는
지존의 꽃 구월화여

그 누구
시들어 이별이어도
만개한 사랑 기쁨이어라.

제목/구절초, 크기/ 6호F. 40.8×31.5cm, 재료/유화.캔버스

수련(연꽃 앞에서)

푸른 하늘 천장 아래
물도 하늘도
하늘빛 먹은 연못
내 집이다

하늘 땅
선 그어 묻지 말라
구름도 물안개도
이미 하나다

만개하기 전
세상 두려워 고민 중
사랑 주고받을까
염려하지 말라

태초 사연
머금고 핀 연꽃
함께 노래하고 있잖느냐.

제목/수련(연꽃 앞에서), 크기/.40호F100×80.3cm, 재료/유화:캔버스

27

각시붓꽃

제비꽃 친구삼아
할미꽃 부모 삼아
수줍은 처녀
어쩌다 각시붓꽃 되었나
시집은 갔을까
시집살이 심하여
친정 돌아와
제 몸 낮춘 모습인가

네가 이미 알고
내가 아씨붓꽃이라 부르니
오늘 다시 피어라.

제목/각시붓꽃, 크기/ 4호F.24.2× 33.4cm, 재료/유화.캔버스

능소화

담장 넘어 궁궐 향합니다
뜨거운 가슴 빨갛게 익어
부끄러워 고개 숙입니다

찾지 말라
잊은 지 오래다
기억에도 없다

임이 아닌 손길 정녕 모릅니다
하룻밤 성은 그리움
목숨 다하면 하늘 닿을까
능소화로 태어난 미소입니다.

제목/각시붓꽃, 크기/ 4호F.24.2× 33.4cm, 재료/유화.캔버스

내 사랑 여인

태양도 어찌 못해
언 땅 비비고 새싹 돋아
당당한 품격으로 웃고 있는 여인

누군가 모란이 제일이라 하지만
향기 없는 그녀보다
겸손히 앉아 봐야 하는
작약에게 마음 드립니다

꽃이 당신 되어 내게로 와
미모 속 함박웃음 가득해
가슴 떨리도록 행복한 오월입니다

작약이 모란 되고파 욕심부려도
아름답고 귀한
당신은 어여쁜 여인
한숙花

내 사랑 빛나는 작약입니다.

제목/한숙花, 크기/ 2호F.18 ×26cm, 재료/유화.캔버스

작약

엉덩이 튼실한 누이 닮은
앉아 보는 미인이여
너의 겸손함으로
모란 장미보다 우아하다

종갓집 맏며느리
중년 여인의 기풍
손 큰 엄니 마음만큼
넉넉하다

고향 앞마당 오월 지키는
붉은 작약이여
해님 사랑 품고
달님 미소 가득 머금어
함박꽃 피었구나

집 나간 낭군
발길 재촉하니
덩달아 웃던 달임도
별 모아 밝히며 반긴다.

제목/작약, 크기/ 2호F.18 ×26cm, 재료/유화.캔버스

매춘화의 고백

얌전한 척 소박한 미소로
모두 사랑하게 한 후
뒷목 손 풀어헤치고
사랑 미친 듯 웃었습니다

한 번 사랑한 장미 국화
절대적 사랑까지 범한 운명으로
매춘화라 부르면서 예쁘다
용서하더이다

만인의 사랑이 된 죄 커
형벌로 고개 숙여라 함은
뜻인지 의미인지
알 수 없어 울지도 못합니다

혹여 원하지 않은 사랑에
행복한 적 있나요
대답하기 곤란하면

그냥 매발톱이라 부르세요.

매발톱은 다른 종과의 교화하여 계속 진화한다 하여, 중국에서
  매춘화라고 부른다.

제목/매발톱, 크기/ 10호P. 41cm × 53.2cm, 재료/유화.캔버스

제2부

"꽃, 다시 피어 사랑이다"

겨울 여인

한설(寒雪) 위 그대로 아름다운데
빨간 입술 유혹도 부족했나요

바람도 없는 날
통으로 떨어져 하늘 향해
하고픈 말 더 있나 봅니다

임 그리워한들
낙화암 삼천 궁녀 한
노래한들 그리움 귀 막습니다

아스팔트 위 뒹굴어도
꺼지지 않는 겨울 여인
동백꽃이여.

제목/동백꽃, 크기/10호F.53×45.5cm, 재료/유화.캔버스

화가의 봄

진분홍 햇살
연두 풀잎 옷 입히고
수십 년 고목
긴 겨울 차디찬 껍질 벗겨
은빛 무지개 꽃 피운다

하늘
눈부셔 바라보지 못하고
산들바람 화가의 봄날
가슴 속 붓끝으로
매화꽃 복사꽃 휘감는다.

제목/봄이 향연, 크기/10호P. 53.2×41cm, 제료/유화:캔버스

설중매

겨울을 사모했을까
미련이 눈 뜬다

흰 솜 안에 제 몸 녹여
앵두 빛 고운 꽃송이
지고한 봄 처녀 환한 미소로
봄 부르는 성급한 매화야

시린 내 가슴으로
승전가 전해주는 여전사
고고히 태어나 무엇과 견주어도
감히 귀족의 매화로다.

홍매화

겨울 밀어내고
미소로 봄 재촉하는
성급한 홍매화야

겨울 사모 했을까
그리움 보인다

귀족의 꽃 홍매화
무엇을 던져 놓고 가도
아름답고 아름다워

감히 함구하고 바라만 본다.

꽃마리

허리 숙이고 무릎 꿇고
정중히 인사해야 보이는 꽃
가냘픈 목에 핀 미소
너 닮은 모습으로 마주한다

푸른 빛 별똥 아쉬워
반딧불로 태어나
설렘보다 사랑스럽다.

천일홍

천년 사랑 한이로구나
다 낡은 몸 가루 남아
퇴색한 추억 선홍빛 되살아
비바람 한설 위 더욱 붉어라

세월아 어서 가거라
천일이 되면 내 사랑 이뤄지고
천년이 지나도록 영원하리
당신 매혹한 죄
변하지 않는 사랑이다.

매화틀에 핀 꽃

노랗게 피어난
갓난 제 자식 금빛 똥 찍어
입에 문 엄니
"똥 싸고 매화 타령이다"
미소 가득한 옹알
매화보다 예쁜
애기똥풀 찬사의 노래

히쭉삐쭉 쳐다보며
엄니 가슴에 안겨
피고 지는 애기똥풀

사랑으로 웃는 꽃.

#매화틀 : 왕(가)의 좌변기

애기똥풀

갓난아기 금빛 똥
젖내 올라
꽃보다 깊게
어미 사랑으로 피어
젖 향기 꽃이다

감히
누가 풀이라 하는가
이리도
애정의 고운 꽃을.

꽃에서 배운다

땅 위에 꽃들아
라일락 진한 향기
시샘하지 말라

향기 온몸에 담아
그 잎은 아리다
이파리 한 잎 씹어봐라
입안 가득 쓴 고통
이별한 연인의
가슴보다 아프다

내 몸은 쓴 향
네게는 고운 향
울고 웃는
시인의 라일락은
스승이다.

수수꽃다리

꽃망울 애잔해 흔들리는 마음
사월 진한 향기 바람으로 피어난다

애달픈 미소 속삭이며
세상 연인 추억 가슴에 품었다

수수꽃다리 미스김라일락
사랑의 꽃으로 피었으니

라일락은
나의 락(諾)이다
나의 락(樂)이다.

#수수꽃다리:라일락의 우리말. 미스김라일락: 키와 꽃이 작다.

석산화 꽃무릇 되다

돌마늘 알뿌리 석산화
우리 땅 골 깊은 산사 터 잡아
검붉은 빛 탱화의 색 되었다

임 그리워
한 줄기 목 길게 뻗고
속 눈썹 한 자나 솟았구나

무럭튼튼 자라나
일편단심 내 사랑이다

무릇 피어나
꽃 물결 강물 춤춘다

무리무리 뭉쳐
피 토하는 그리움이여
꽃무릇 영원하여라.

상사화

작렬이
이파리 다 녹아 흔적 사라질 때
임의 꽃이 마중오니
얼굴 한 번만 볼 수 있다면

천국에서나 사랑할까 보다
그렇게 못 이룬
그리움 한데 뭉쳐
상사화 꽃무릇 되었다

함께 하지 못해도 이별 아니듯
영혼으로 한 몸
우리의 깊은 사랑이다.

제3부

"봄의 애원"

봄의 애원

햇살 아래 아지랑이 아른거려
구부러진 몸으로 새싹 봐 달라
언어 담은 미소가 아름다워 반갑다

스치는 짧은 인연 아쉬워
한 번만 봐 달라 애절한 손짓
기도로 노래한다

싹 돋고 꽃 낳아 자식 된 향기
희망 전하러 바람으로 떠난다.

제목/봄의 애원, 크기/10호P. 53.2×41cm, 재료/캔버스 유화

거부해도 사랑이다

만상 토해낸
국화 쑥부쟁이
사계절 이겨도 외롭다

사랑이 사랑이어야 하는
당연한 오늘
영혼은 애원해도
습관된 거부다

흔적 없는 연유에
무얼 더 욕심 부릴까
유유히 사라지는 삶
유월(逾越) 하리라.

逾 :넘길유 越:넘길월   逾越하다 : 넘어가다

제목/성령의 꽃, 크기/10호P. 100×80.3cm, 재료/캔버스 유화.

금낭화

참빗 머리
사립학교 교복도
단정한 아이들

친구들 바라보다 웃고
엄마 한번 살짝 쳐다보고
미소 양 볼에 설렘 가득

차렷
앞으로나란히
시작 알리는 말씀
꿈을 줄 세우는
일학년 금낭화반.

꽃 시장

꽃 시장 터는 나의 樂
즐거운 보물찾기 놀이터다

나를 봐주세요
향기가 있어요
색동 옷 입었어요
오랫동안 살아 웃어 줄게요
활기찬 아우성이다

언제나 같으나 다르다
세상 탓하기도 지친다
행사에 꽃잔치는 이미 사라졌다
불경기가 바닥 기고
꽃 가게 문 닫고 있다
아니 못 여는 거다
설상가상
무더위에 녹아내려
여름 꽃값이 교만하다.

무릎으로 보는 꽃

무릎으로 너를 본다

고개 숙여 숨죽이고
가만히 보는 우주
네가 빛나니
사무치게 예쁘다.

오월의 절정

봄이 하얗게 익어
조팝, 이팝나무 눈부셔 넘치고
아카시아 속치마 적삼 풀어 춤추면
그 향기 이겨 낼 용사 어디 있으랴

봄 빨갛게 달아
장미 양귀비 두 팔 벌린 채
작정하여 환하게 웃고 있는
지존의 여왕 유혹은 과유불급
차라리 안쓰러워라

봄의 한 가운데
사랑의 클라이맥스
카타르시스 상쾌한 향연
후회 없이 입맞춤
지금 사랑하라 한다.

소녀의 첫사랑

별사탕 봉우리 터져
청도라지 별천지
쏟아져 내리면
소녀 가슴 붉어진다

"아무렇게나 씨 뿌려도
백배의 결실되니 감사하다"
어머니 말씀까지
푸른 별 총총히
온몸 가득 박혔다

구절초 쑥부쟁이 들꽃
지고지순 청렴하며
고혹적인 선명한 청보라
평생 가슴에 품은 소녀
지천명 오늘까지
꽃의 노예가 된 사연

청보라 청 도라지가
꽃의 첫사랑이다.

담쟁이 잎 하나

보고픈 이 있어 화석 된 그리움
사진으로 담으니 인제야 떠나는구나
무엇이든 가고 오는 것
때마다 연연하기 보다는
머무는 곳에서 기쁨 만끽하라

사랑하고 함께 하며 웃고 있듯이.

조화(造花)의 비애(悲哀)

이슬 또르르 떨구는 가녀린 이파리 꽃망울
철심 아닌 모세관 줄기 딱 하루라도
눈부시게 피고 지고 싶습니다
비바람 부대껴 향기로 사랑하며
웃고 우는 들풀 들꽃의 이별 부럽습니다
화장기 진한 영혼 없는 미소입니다

떠나갈 길 다시 올 길 없는 무한한 시간보다
언젠가 예고 없이 던져 버려질 무참한 손길
이미 두려움 떨고 있습니다

시들지 말라 화려하게 미친 듯 웃기만 해라
울거나 아프거나 고민하지 말라
다정한 눈길보다 향기 없다 구박입니다
벌 나비 이유 없고 오직 눈요기
거친 발정 품어내는 노리개입니다

화무십일홍 꽃이 꽃입니다
임 위해 찍어낸 꽃도 꽃입니다.

첫사랑이 된 산화목(珊花木)

그리던 인연 있었기에
허리 숙여 불러보다가
첫 만남 기쁨은
선재도 하늘 향해 두 손 든다

내 품에 안긴 산화목(珊花木)
첫사랑의 애절한 모습으로
조가비에 앉아 파도 끝 가리키며
밀썰물과 대화 전한다

부활의 천상 고매한 숨결
인고의 시간 심해(深海) 갑이별
너의 기다림 헤아리다 부족해
詩心으로 계산하니 네가 보인다.

산화목(珊花木):산호로 이뤄진 최초의 수집류
  갑이별 :서로 사랑하다가 갑자기 헤어짐

제4부

"아픔으로 아름답다"

아픔으로 아름답다

빼앗긴 봄날 잃어버린 우산
갱년의 상실감
골짜기 무덤의 아픔이다
육신은 무뎌지는데
정서는 늙지 않고
꿈꾸는 세상 부 명예 사랑
살아있어 차라리 고통이다
통곡의 소금기 기도는
생명의 어머니
뼛속의 죄 모든 실수
마음 비우고 다독이는 치유다

읊조리는 노래 詩
아픔이 아름다움이다.

그리움이 자란다

뇌 안에 둥지 틀고 날마다
자라나는 그리움
그 싹 아무리 잘라내도
무성한 숲이 되었으나
가물어 텅 비어 있다
보고 싶은 마음
벽돌로 꾹꾹 쌓아
짓눌린 가슴 무거워 설 수 없다

너를 위한 배려 나를 위한 기도
그리움은 죄 사랑은 독이라고
하여가(何如歌) 단심가(丹心歌) 부르다
저만큼 서서 눈물보다 진한 그리움
오늘도 뚝 자른다.

시(詩)

옹알이 어미는 알아듣는다
이별의 아픔 사랑의 흔적
눈에 보이지 않는 마음 그리는 것
시인은 아픈 자의 연사(演士)다

상실의 비극 상처의 피 토함
환희의 노래가 된다
절망이 희망 품고 한 줄기 빛 되어
배설물이 향기로 피어날 때
절대자의 미소로 꽃핀다

과거 현재 미래 이야기
오늘의 언어다.

어느 날 임이 오다

양심과 신앙의 자존심으로
아주 오랫동안
냉정하게 이성의 잣대 들고
외로웠습니다
참 많이 울고 아팠습니다
목 놓아 통곡하고 싶었으나
만들어진 웃음 쥐고
시심에서 달렸고
화폭 속에서 날았습니다

어느 날
진리가 형화로 왔습니다
긴 터널 아주 오래 기다렸습니다.

굳은살

마음에도
굳은살이 생기더라
무관심 한 척 내적 갈등
사랑하기 전부터 퇴적된 그리움

부르는 이
대답 없는 빈 메아리
허공으로 흩어지는 파편
하여가 단심가 노래하다

절제의 연민
무딘 만큼 굳은 만큼
마비된 감성의 세포 자라
사랑의 굳은살 되더라.

사랑의 법칙

보호받길 소망한다
사랑받길 갈망한다

사랑하는 나 지켜주는 너
힘 있는 남자에게 마음 주는 여자
예쁜 여자에게 애원하는 남자
태초의 본능이다

여자는 명품 하나 모성애로 지킨다
남자는 수억의 소모품 사랑 취한다

우주의 이치
비밀 풀지 못해
화성인 되어 울어도 슬프다.

그리움 그 비밀

몸 늙어지면 마음도 늙어야지
어쩌자고 감성은 그대로일까
지독한 그리움 그 비밀은
신의 축복인가 저주인가

젊잖은 척 말이 없다
나는 소녀인 양 재잘거리고 싶다
흔들이는 낙엽 위에 웃고 운다
사랑이 아니어도 미련 없다
이미 내 영혼의 한 줄기 빛으로
설레면 그만이지
남이 되기 싫은 까닭이다.

자아(自我)

당신을 사랑합니다
정작 알량한 육신의 안위
나를 사랑하기 바쁩니다

상처받지 않으려 상처 주었습니다
교만한 자존심은 송곳 되어
제 몸 옹이 박힙니다

선(善)으로 위장한 언어들
이기적 이율배반 몸짓들
이중잣대와 허기진 일상들

오늘도 저항하듯 내일 꿈꾸는데
이성은 얼음꽃(氷化) 감성의 불꽃(火花)
하나 될 수 없는 아픈 영혼
자아가 웁니다.

그리움이란 게 그렇더라

그리움 뚝 잘라내고
세월에 묻어본들
내일은 또 내일이다
지켜주고 싶어 돌아서고
돌아섬이 답 아니라고
쓴웃음 지어도
아픔마저 사랑에 대해
거짓 되지 못함에
묻어두고도 웃지 못한다
글쎄
이 못된 그리움이란 게
이별보다 쓰더이다.

랑데부 사이에 사랑이

세상 돌아 설렘 문득
밀물로 채워진다
사랑도 아닌 아픔인 연유로
까닭 없이 가슴에 박힌다
첫사랑 간절히 불러보다가
이제는 그리워해야 할 사랑이다

나만의 사랑에서
나만의 사랑으로 끝날 때까지.

그리움 그리다

그림
그리움 그리워 그리다
글
긁어 그을 그리움 그리고
말
마음 알맹이 마알 풀어 그린다

어머니 가슴팍 고향 마당
소꿉친구 첫사랑
소소한 일상 그리움
사랑의 본질들

비밀의 사유
화려하거나 비참하거나
오로지 자유다
그리움 진실의 까닭
온몸으로 그리는 거다.

제5부

"어머니의 시래깃국"

불타는 용두암

운이 닿으면 인연이라
재수 좋은 날

붉은 적赤이 아찔하다
용두암 숯 되니 적막한 암暗흑이
물속으로 헤엄친다

아 순간이다
이 또한 피고 지고 지나가리라
안개비 내리고 파도칠 때
백색 가루 포말泡沫 피어나라
내일이면 하얀 무지개 부활하라
새롭게 뜨면 다시 시작한다
오늘의 불타는 절정

이 순간 사랑이다.

제목/불타는 용두암, 크기/10호F. 53cmx45.5cm, 재료/유화.캔버스

동행

어제의 끝은 오늘 오늘의 끝은 내일
어제도 내일도 오늘이 지금이다
지금 낮 가고 지금 밤 온다
순간이다
선과 악 양면의 이율배반 종이 한 장
사랑의 흔적 잊음은 그리움
시작 반이 끝이고 끝은 다시
시작이다

거룩한 동행 아찔한 아름다움은
스치고 지나가는 바람

그래서 너는 빛이야.

제목/동행, 크기/20호F. 72.7cmx60cm, 재료/유화.캔버스

어머니 시래깃국

텃밭은 어머니 삶의 소꿉놀이 쉼터
푸성귀에 정성 다해 허리가 굽어도
몸이 먼저 일하신다

투박한 손으로
한 해 걷이 끝은 시래기 말리는 것
비바람 세월에 누런 무청은
어머니 사랑 맛이다

새벽 첫차 통학 길
시래기 토장국에 신김치
어머니 고단함이 양념 되어
오 남매 아침밥 지으셨다

고깃국이 사무치게 그립던 기억
신선로도(神善盧) 맛이 없고
어머니 시래깃국이 눈물 나게 그립다.

어버이날 카네이션

심장 꺼내어 자식 낳은
어머니

선홍색 꽃 한 송이 달아드린다

겹겹이 돌돌 말린 꽃잎
톱니인 것은 세상 모든 이치
꼭꼭 맞추고 살아가라 지혜다

줄기 마디마다
똑똑 끊어지니
장미보다 겸손히
자신의 몸 버려 살아라

천천히 오랫동안 싱싱하라
그 강인함으로 건강하라
카네이션
부모님 마음 간절하다
사모곡 되어
어버이날 피었다.

그냥 좋은 사람이 있습니다

왜 좋은지 궁금하지 않고
그냥
좋은 사람이 있습니다
주고받는 거 없었어도
그냥
이유 없이 좋은 사람이 있습니다
마음 따뜻해서 였을까요
느낌 좋아서 였을까요
생각해 봐도 여전히
그냥
마음 가는 좋은 사람이 있습니다
왜 좋은지 몰라도
그냥
좋은 사람 바로 당신입니다.

운정 스승님

배우려는 자 가르치려는 이
반세상 돌아
줄탁동시 사제가 되었습니다

수십 년 인생 고락
시가 연인이고 삶의 전부가 되어
온몸으로 문학을 사랑하신
까닭에 스승이십니다
훌륭한 제자가 되겠습니다

마음 그려내고
생각 끊어내는 거라고
일기는 일기 시는 시로
진실하라
그래서 속마음 다 들켰습니다

아픔을 아름다움으로
미움을 사랑으로
은혜로운 시인 되라고

이제야 알았습니다
내 가슴에 있는 것들이
시(詩)였다는 것을.

꽃이 된 시인에게 (답시)

운정 김이철

하찮은 것과 벗하고 풀(草)이된 사연
부족하여 헤아릴 수 없으나
깊고 진한 이야기 귀 기울이다가
향기로 먼저 피는 청초화(靑草花)

지천명 떠난 열차 안내 음성 잡고
차창 밖 하늘 바라보는 이
무엇 더하여 웃음 짓는고
누구나 그러했다고 쓰다듬으며
가슴 모퉁이 자리 잡은 아쉬움 뒤로하고
온 누리 위해 홀연히 꽃 되려 하시는가

사랑하는 이에게 영원 주고
아파하는 이에게 치유 주는
이유 분명한 여류 시인 꽃 되었으니
없는 절기에도 필 청초화(靑草花) 따라
기꺼이 바람 되어 동행하리다.

詩, 몸으로 낳다

몸속에 살던
넋두리 혼(魂)
인제야 詩로 잉태하니

삼 남매 산고의 이유
육신으로 전해져
네 번째 가물치 고아 먹었다

수십 편 퇴고하는데 하세월
되돌아보니
살아 있음이 詩였네라.

하세월(何歲月) :어느 세월

밤 매미

몸뚱어리 칠 년 땅속에서
고이 접어 날개옷 갈아입고
임마중이다

부활의 한 여름날
일생일대 이 순간이다
세상 참 좋아졌지
서울은 이미 불야성
이십사 시간 대낮이다
하이 소프라노 매미 떼들
밤새도록 울어댄다

열대야로 뜨거운 밤
나도 잠 못 이룬다

뻐꾸기도 밤에 우는가
새삼스럽게 그립다.

봄 마중

투명한 하늘
따사로운 햇살
유혹하는 바람
탱고치마 사랑으로 휘날린다

숲 냇가 물오른 수양버들
다리 난간 텃새와
물 위 반사하는 잔영
봄 마중 동행한다

겨울 투박한 흔적 밀어내며
새싹은 입술 내밀고

먼저와 기다린 버들강아지
지난겨울 사연 묻는다

답할 게 많으나
그대가 떠나면서
비밀로 두라 하더이다.

춤추는 봄 바다

고향 떠나 세월 흘러
천태만상 너와 나
눈물로 모인 바다

진달래 들풀도 제 몸 녹여
바람 따라 탯줄 향기 안고
하늘 무대에서

관객이 된 태양은
점잖은 척 무심해도
봄바람 바다는 춤춘다.

제목/일출, 크기/30호P 91x65cm, 재료/유화, 캔버스

상선약수 (上善若水)

흐르는 꽃으로 피어나라
흐르는 바람으로 날아라

저 높은 산
나무 아래 집 짓고
한 생명 솟아나

꿈 찾아 떠난 여행
세상사 모든 이야기
세월 낚아 하늘 우러러
최고의 사랑 가슴에 안고

나무 아래 물 한 방울
바다를 품었다.

\# 上善若水 : 최고의 선은 물과 같다.

당신은 명인

한라부터 백두까지 천하 호령할 자
반백 년 세상 무대 휘감고도 모자랍니다
거지 대왕도 해탈 빙의도
사랑 미움 존경 증오하며
우리네 모든 인생 고락 수백 번 대신 사셨으니
천상천하 유아독존 최고 승리자입니다

그 마음 아직도 어린 왕자 심성 눈물주머니
따뜻한 가슴과 용맹한 의리
건강한 영혼의 남자
당신은 진정한 명인이십니다.

2007년 <명인 대상> 수상자 임혁님께 부침

제6부

"봄을 이길 겨울은 없다"

덕유산 일출

산마루 아니어도
날마다 오시는 임이여

무주, 장수, 거창, 함양
덕유산 구천
영원한 전설이다

여인 몸매 시샘하듯
봉긋 누이 모습

보일 듯 말 듯 미명아래
진한 구름 사이
수줍은 미소 분홍빛으로
어머니 향기가 난다.

제목/덕유산 일출, 크기/10호F. 53.2cm×41cm, 재료/유화.캔버스

시월의 낙엽

곱게 물든 단풍
산천초목 열매 영글고
코스모스 춤사위에 들어온
가을바람

고추잠자리와 함께 하고파
쫓아 나르니
시월 하늘에 뜬 그리운 임

낙엽 밟는 소리 곡 되어 흐르고
그리움 더한다 속삭이니
떨어지지 않은 낙엽
나지막이 연주 시작한다

그리움보다
기다림이 간절하여
아직 매달려 있지만
모를 기다림이다.

제목/서울의 풍경, 크기/20호P. 72.7×60.6cm, 재료/유화:캔버스

겨울에 쓰는 시

'그해 겨울은 따뜻했네'
소설가는 내 이십대
청춘의 심장 아프게 했다

바쁘게 사느라 추운 줄 모르고
반백 년 지나 돌아보니
어느새 겨울이다
머리카락 흰 눈 감추기 위해
미장원 간다

'마음은 청춘이다'
어머니 하시던 말씀
내가 더 많이 한다

긴 밤에 지난 세월 노래하다
눈 위에 눈사람 만들고 시 쓴다
피고 지고 꽃이 사랑으로
벌써 봄을 재촉한다

올겨울은 따뜻하다.

불어 온다

바람 분다
저 높은 대나무
마주 앉은 바위
미워요 바라본다

비가 온다
저 높은 소나무
마주 앉은 산
사랑해요 속삭인다

하늘 가르는 바람도
땅에 뒹구는 비도
그리워요 노래한다.

11월 11일

가을 겨울 나란히 달린다
계절 넘기는데
남자의 어깨 이리 좁아져 있는가

가을은 올 시간보다
떠나갈 시간이 크다
동장군아
천천히 작게 오거라

아직 피지 못한 국화 앞에
고백하지 못한 사랑 앞에
이루지 못한 소망 앞에
아직 겨울 준비 못했다

오려거든 부디 따뜻하게 오거라
넓은 어깨 준비하련다.

이른 봄비

시절 거부한 비
가슴에 내려
꽃 불러 보지만
아직은 겨울

봄비는
청보라 등불에게
왈츠 청하고
시샘한 달 손 내미는 동안
반갑다
밍크 버들이 먼저 와 춤춘다.

봄을 이길 겨울은 없다

어설픈 비가 곡선 그린다
바람도 춤추며 동행한다
아직은 이른가 뒤돌아보는데
오후 빛살이 눈부시게 청명하다

올해 겨울은 따뜻한가
아니다
온통 코로나 감염자로 전쟁 중
아비규환 속에서도
그래도 생명은 이긴다
죽지 않았다고 산 것이라고
말하고 싶지 않지만
억지로라도 감사한다

겨울아 가거라
봄 온다고 전령사 노래한다
이왕이면 모든 죄악과 함께 도망하라
새 희망 꽃들이 봄 입고 온다
봄이 항상 이긴다.

제7부

"마음의 흔적 깊이 남기다"

계룡산

닭 벼슬 두르고 한반도 용 되어 누웠다
우주 혼 품어 푸른 정기
학교마다 교가 몸속 삶의 스승이다
세상 잡귀도 좋아라
계곡마다 양초 더미 수십 년
자연보호 아래 푸르고 굳세어라

전쟁 중 이편저편 없이
한마음 지켜낸 터
팔십삼 년 미그기 내려와
사재기 법석여도
눈 하나 까딱없이 평화로다
북쪽의 레이다 사각지대
상봉에 육해공 기지로다
이성계 도읍 꿈꾸웠던 곳

사계절 옷 갈아입을 때마다
덩달아 신났다
꿈 키워 주며 보듬는
유연한 모성애 가슴으로 품어
평화의 삶 터전
어머니 몸 지존의 명산이다.

제목/계룡산 크기/30호F. 91cmx65cm, 재료/유화.캔버스

109

바다는 하늘이다

한반도 동쪽 끝 태평양 시작이요
바다의 마지막 자락 땅의 시작이다
끝과 시작 이미 한 몸
어디가 하늘이고 어디가 바다냐
묻지 말라 하늘 품은 물이 우주다

파도가 검푸르고 새하얗게
부서진다고 깨진 적 있을까
생명 잉태하는 성령의 바람 불어와
생기 쏟아내고 바다 살찌운다

하루에도 변화무쌍함이여
어제오늘 내일 새롭게 피어난들
원형 본질 다를쏘냐

하늘 아래 바다
태초부터 영원이다.

제목/바다는 하늘이다, 크기/40호F100×80.3cm 재료/유화:캔버스

가을이 아름다운 것은

단풍
우쭐한 얼굴로 이별 잔치다
간절한 소원 빌었을까
어쩐지 두려워 가슴 꾹 누르고
하늘 바라보니 늦가을 시커먼
바람이 귀 때린다
등 뒤에 겨울 업고 무겁게 낙엽 비 춤춘다
은행나무 이파리 아스팔트 바닥에
덕지덕지 엉겨 서러워 운다
주울 수도 밟을 수도 없어
한숨으로 고개 숙여 눈물진다

탄핵의 상실된 언어 태산이다
아픈 것도 아름다운 것도
해야 할 말이 너무 많아
굳이 다 필요 없어
말하지 않겠다
변명하지 않겠다
절대로 굴복하지 않겠다

어디로 가려는가 내 사랑
빈 가을 길 위에 서서
이미 당신이 봄이었다고
영혼은 영원 무극無極함이다

상실의 언어가 화산 꽃 터질 그날
반드시 환히 웃는 새봄 노래하리
그리운 당신
부디 살아 다시 피어나라
이별은 늘 아름다움으로 치장한다
겨울 지나 아름답게 오라.

고구려 백제 신라

광활한 만주 터 광개토대왕
백두산 지붕 아래 웅장한 숨결은
어디에서 살고 있나
백성은 산속 지하에 모두
죽은 듯 고요하다
더 이상 버틸 힘도 없지만
불바다 세상 향해 고함은
허세 하늘을 친다

한강의 기적 오천 년 무구
역사 이래 가장 풍성한 꽃 피우고
흥청하였도다
촛불 들고 태극기 휘날리고
뒤엉켜 터진 배 움켜잡고
우리 모두 잘났도다
양반네들은 여전히 뒷짐 지고
강 건너 구경하고

바닷가 억센 민초들은
고래 심줄보다 강하게
되는 일도 안 되는 일도
한마음으로 세상 다 훔쳐 가졌다

동해 바다는 검푸르게
영원히 아름답다
경주 불국사 눈부신 화려함은
속 빈 강정이더냐
화랑도 후예는 광주에서
권좌 잡고 호령하는구나

삼국 통일 화랑정신 어디 갔나
오장육부 애통한 억울함만 쌓인다
공주公州 출생
허망하기만 하다
한반도는 오늘도
삼국시대 전쟁 중이다.

킬링필드는 살아있다

지구상에서 가장 비참한 죽음 이삼백만 영혼 공산주의 사상에 이유 없다. 수십 년이 지나도 백년 전 지금이나 삶은 팍팍하다. 학교는 썩어 문짝도 가르칠 선생도 없다. 아이들은 넘쳐나도 돌봐줄 어미는 공장 가고 늙은 조부모 낮잠 자는 아비 세상 관심 없다,

물은 석회수요 빗물 받아먹고 쓰고 건기는 흙바람이라. 1년 2모작은 어림 반푼이다. 집집마다 쌓인 먼지와 잡풀 텃밭 한 고랑이 없다.

아 대한민국 사계절 금수강산 보릿고개, 새마을운동은 얼마나 위대한 역사였나. 새삼 뼈저리게 감사하다

총칼 들었던 공산당 두목 부하가 자유민주주의 세웠다. 그 총리는 지금까지 독재, 온 가족이 세상 다 움켜잡고 배운 게 도둑질이더냐. 자유민주 외치는 자들 숙청 중이다.

웃통 신발 벗고 사는 백성들 내일이 없다. 허망하게 죽어 갔던 부모 형제가 지금 내가 될 수 있다. 배움이 목숨 재촉했으니 우둔함과 침묵이 살아가는 지혜다.

그러나 아이들 눈빛으로 말한다. 소망한다. 하나님의 은혜를 거두지 마소서. 오늘도 나의 기도가 길어지고 눈물로 잠 못 이룬다.

소녀상

몸뚱어리 영혼 하늘 재 되고
피고름 상처로
팔월 보름날 귀향의 기쁨은
수치의 죄인이니
부끄럽다 입 틀어막기 급했다
수십 년 숨 막힌 인생
목메어 호소도 못 한다

박제된 금빛 소녀 노구 되어
길바닥에서 평생 통곡하니

억울한 사연일지라도
제발 조용히 하라

떡 한 덩이 입에 물렸다

아프게 해서 미안합니다

옆 빈 의자에 앉아
눈물로 안고 주먹 쥔 손 잡아주면
소녀상 더 울지 않을까
간절한 소망 앞에
촘촘히 엉킨 거미줄 넘어
악착같이 희망이라고
믿고 싶은 태양은
희색 빌딩 사이에서
너털웃음 짓고 있다

잊어야 할 것과 잊어서는
안 될 것에 묻고 또 물어도
대답할 사람 없어
정지된 시간만 통곡한다
눈도 못 감고 떠난 소녀의 한(恨)
위정자들 이유만 있고 위로는 없다.

유월의 이야기

태양 익어 청록 깊다
어머니 한 익어 녹았다
수십 년 하루 닮아 기약 없고
전쟁 흔적 가슴에 쌓였다
외할머니 남편 제사도 모른 채
오 남매 유복자 껴안고
평생 소리 없이 사시다 가셨다
유월에 떠난 이 나라 남자들
그곳이 천국이라도 천국이랴
떠난 이들 말이 없고
여인들은 통곡의 일평생
가슴에 담은 말 다 하지도 못한다
세월이 약이라는 말은 사치일 뿐
온통 말 못 할 사연만 남아 있다

아직 살아서 못다 부른 이름에
절규하는 유월이여.

#전쟁 유복자.고아 .전쟁 미망인님과 국가 유공자 선열님들에게
바칩니다.

미세 먼지는 깡패

아지랑이 피어오르기 전에
때국 오물 미세 바람 불어와
세상 거무퇴퇴 뒤집어쓴 채
매화 웃지도 못하고
속절없이 먼지떨이 춤춘다

일기 예보보다 더 빠르게
봄 장악한 깡패
지랄맞은 재난 문자 속 뒤집힌다
무능한 주인은 비겁하기 그지없어
제 마누라 누이라 바친 누가 떠오른다

어이할꼬 개나리 진달래
순진한 봄 처녀 가슴 까맣다
추악한 너는 교만하고 당당하다

어이할꼬 금수강산아
태풍아 바다를 가르고
바람아 거꾸로 불어라.

한강에서

금강산 사연 남으로
태백산 정기 북으로 간다
양 갈래 힘 마주하니
두물머리 한 몸 되어
사람인(人) 위대한 강
한양 지나 서해(西海)가자

한반도 젖줄 거룩하고
서울 한강 야경
추상화보다 강렬하다

나누고 베푸는
자식에게 공평한 헌신
어머니 샘솟는 사랑
사계절 영원하다

날마다
연인의 물레방앗간
설레는 봄바람 꽃 피고
역사 도도히 흐른다.

제8부

"여호와이레"

성령의 환희

태초 사랑
말하지 않아도 듣고
보이지 않아도 보는
나의 믿음 소망 사람

가슴 떨리던 첫사랑
십자가 불 세례 기쁨의 충격
사랑의 환희 불타는 바다
꺼지지 않는 파도
춤추는 꽃바람

성령의 환희다.

제목/성령의 환희, 크기/30호P 65×91cm, 재료/유화.캔버스

새해 희망

가는 해 고맙고
지는 꽃 어여쁘다
흐르는 물 아름다워
가고 지니 내일이 웃는 것이다

칠흑 까닭 태양 뜨고
어둠의 터널 길 열린다
바닥 치면 솟을 터
생즉사 사즉생
부디 살아 뛰어라

억울한 고통 자리 털고
의인의 권세 선한 양심 회복되리
부디 아무도 억울하지 말라
새해 희망 아니더냐

뜨고 짐이 의무인 태양
이 순간 서 있음이 기적이리니
어차피 내일도 기억이리라.

제목/새해 희망, 크기/10호P. 53.2×41cm, 재료/유화: 캔버스

십자가의 道

채찍과 조롱 가시 면류관
그리스도 피 흘림 죽음으로
죄 사망의 권세
영원한 생명 면류관
부활 승리하셨다
십자가의 도 하나님의 사랑
미련한 자에게 멸망의 길
믿는 자에게 구원의 진리 복음
구원받은 자에게 하나님 능력이다

골로다 언덕 젊은 청년 예수는
인생의 마지막 길 위에
육신의 피고름에서도
친구를 위해 기도하시고
나를 위해서 칠언 기도하셨다
다 이루셨다.

제목/심자가의 도, 크기/30호P 91×65cm, 재료/유화:캔버스

성령은 파도다

바람 다스리는 파도
생명의 아비
태초의 성령 코에 불어
아비가 되었습니다

타오른 불바다
생수의 강 바다
불기둥 춤사위
구름 하늘
성령의 온누리입니다

기도 속 회개는 한 몸 성령
기도와 은혜 바람과 파도
성령의 꽃입니다

기도합니다 기도합니다
감사합니다
온몸 다하여 기도합니다.

제목/성령의 파도, 크기/30호P. 73.2×61cm, 재료/유화.캔버스

새벽기도

흔들리는 것은
바람만이 아니다

밤새 일기 쓰듯
손안 문명의 희열
소통으로
만끽하는 안위

귀한 시간
저주받은 육신은
형틀에 묶여
달콤한 유혹
오만한 자아
귓가에 노래한다

오늘도 내일이다
새벽기도는
평생 숙제다.

내 안에 당신

열일곱 소녀
당신 처음 만났습니다
설렘 가득 새 세상
꿈꾸었습니다

울며불며 수십 년 부여잡고
슬픔과 기쁨 당신 안에서
감사와 사랑 그렇게 진실로
당신 안에 살고 싶습니다.

사랑하다 지쳐 시를 쓴다

주님 사랑하다 기도하다 지쳐
천국 소망 안고 하늘 봅니다
평생 앞만 보고 달리다 지쳐
주저앉고 육신으로 울었습니다
아내 어미 노릇도 지쳐
삶의 시간 어루만집니다
꽃사랑도 나를 사랑하기도 지쳐
이렇게 아픕니다

다시 삶에 들어가
우주 만물은 아름답다고
사랑하다 지쳐
사랑으로 시를 씁니다.

때로는 흔들리는 삶

세월은 가고 오듯
시간 보내는 거라 하고

내 마음과 동떨어진
진실들
위선이 지배하고도
당당하다

세상의 본질은
사랑인데
미움 쌓이는 오늘이 싫다

사랑하며 살고파
용서해야 할 이유 찾아
주님 주님 부른다

어느덧 가슴에 와
무조건 감사하라
분노한 가슴 어루만진다

내 탓이요 다 내 탓이요
통곡하다
기도가 길어진다.

여호와이레

가지려는 몸부림 손에 쥐어 본들
손가락 사이 모래
땅에 떨어진 사연 무릎의 객혈 기도

잃으면 얻을 것이요 드리면 받을 것이요
버리면 취함을 믿음이여 소망이다
주님은 이미 모든 것 준비하셨다

하나님 은혜로다
은혜가 넘치나이다
오직 주님은 스스로 예비자시다.

꽂히니 꽃이다

발행일 2024년 3월 27일

지은이 민재영

발행인 한희성

발행처 도서출판 현대

등록일 2020.08.25

주 소 서울시 종로구 대학로 3길 12, 2층

전 화 010-7919-1200 / 02-722-8989

이메일 hd7186@naver.com

ISBN 979-11-985358-3-2

정 가 15,000 원

편집 디자인 도서출판 현대